Dans ma culture…

FSC

www.fsc.org

MIXTE

Papier issu
de sources
responsables
Paper from
responsible sources

FSC® C105338

Neimad Siobud

Dans ma culture...

Loi n°49-956 du 16 juillet 1949 sur les publications destinées à la jeunesse, modifiée par la loi n°2011-525 du 17 mai 2011.

© 2021 Neimad SIOBUD
Édition : BoD – Books on Demand, 12/14 rond-point des Champs-Élysées, 75008 Paris
Impression : BoD - Books on Demand, Norderstedt, Allemagne
ISBN : 9782322399161
Dépôt légal : Octobre 2021

Avertissement

Pour le lecteur, j'opte pour le tutoiement dans ces échanges, mais tout au long, nous n'avons pas arrêté d'osciller entre tutoiement et vouvoiement, car le souci a toujours été pour moi de prendre confiance en Yusufo, que je n'ai jamais rencontré, et pour lui de rester proche et respectueux.

Préambule

Je suis dégoûté : MOMENT DE LUCIDITÉ

J'ai trois neveux, je vois comment les choses tournent pour l'ex-sportif devenu commercial (qui sur un coup de tête prend l'avion le week-end pour aller à l'île de La Réunion), comment un autre trime dans son métier de médecin et n'a pas de vraie vie, comment le troisième se consacre à ses élèves et souffre de ne pas avoir d'enfant et comment moi, de mon côté, je suis assez con pour avoir foi en l'homme et vais m'EMMERDER à acheter un terrain et à l'entretenir pour y planter des arbres, pour ma planète peuplée d'humains aussi cons (que moi), profiteurs ou pigeons.

Comment se fait-il que certains êtres trop sensibles soient si souffrants, d'autres aussi cons soient si chanceux, mais surtout qu'au milieu de tout ça, il y ait moi, handicapé qui me soigne, et qui peux croire en un dieu ou en l'homme, alors qu'aucun ne fait réellement ses preuves.

QU'EST-CE QU'ELLE EST BELLE MAIS INCOHÉRENTE, LA VIE SUR CETTE PLANÈTE !! (… POUR CEUX QUI SURVIVENT)

I - Échanges

— Je te comprends toujours, mais tu ne me comprends jamais en m'apportant de la nourriture pour manger, Neimad. Pourquoi ? 😭😭

— Parce que vous, en Afrique, vous ne comprenez pas qu'ici, il y a des structures sociales assurées par des bénévoles parce qu'on a aussi nos pauvres et qu'on doit s'en occuper D'ABORD.

Ensuite, il y a plus pauvre que le CAMEROUN, comme le MALI, auquel ma ville est jumelée et pour lequel j'ai plus d'obligations que pour ton pays, qui est d'abord anglophone.

Mais réalise qu'ici, comme toi, je fais partie des pauvres, ici on dit le quart-monde. J'ai des voisins pas toujours agréables et dans quatre ans, je vivrai au-dessous du seuil de pauvreté. Cela veut dire que je ne vivrai sans doute pas longtemps. Ça veut dire que je suis censé, si je le pouvais, mettre de l'argent de côté, pour moi-même survivre à mes 62 ans et ça, l'Afrique, qui nous prend pour sa grande sœur, oublie que nous, on a aussi notre vie à vivre, notre gagne-pain à créer, donc à financer et ça, l'Afrique assistée s'en moque bien… ! Non ? Qui s'inquiète de nos pauvres en France ? Même pas nos immigrés africains : la MISÈRE n'est pas une exclusivité africaine. Tout le monde mange peut-être presque à sa faim, mais en achetant des produits qui nous rendent MALADES, souvent de cancers. Et pour faire face au cancer, il nous faut le moral ! Je n'ai pas été au cinéma depuis au moins six ans. Vous, vous avez le cinéma en plein air. Ma facture d'électricité cette année a augmenté de 12 %, est-ce normal ?

Penses-tu vraiment que j'aie les moyens de donner de l'argent à qui n'en a rien à faire de moi ? Je préfère donner mon argent pour les abeilles du monde qui, elles, butinent pour leur collectivité plutôt que pour des Africains qui se font assister et continuent de réclamer, de faire des enfants, sans regarder à leur avenir.

Je n'ai pas d'enfant, mon ami, parce que je pense qu'il n'aurait pas eu d'avenir dans un monde d'égoïstes, d'assistés ou de profiteurs. Alors, « charité bien ordonnée commence par soi-même » et je donne aux abeilles ce qu'elles font pour les miens, car les miens ne font pas ce qu'il faudrait pour moi : je ne les intéresse pas à cause d'une bête étiquette, sinon comme client.

Donc s'il te plaît, mon ami, passe moins de temps à demander l'aumône, toi qui as un téléphone plus sophistiqué que le mien, et affaire-toi à gagner ta vie, même si moi, dans mon pays, je la perds à essayer. Peut-être toi as-tu plus de chance d'y arriver et d'être un jour plus responsable que ton père, qui n'a pas conçu dans sa tête, en te faisant, qu'avoir un enfant, c'est devoir le plus longtemps possible l'assumer, car c'est lui qui devrait t'aider, t'ASSUMER avec TON PAYS.

BIENVENUE CHEZ FREE !

Nous avons bien reçu votre demande d'inscription à l'offre Freebox Révolution avec TV by Canal Panorama à 39,99€/mois (sauf promotion confirmée par un email séparé) dont vous trouverez ci-joint les documents contractuels.

Nous avons le plaisir de vous confirmer que votre inscription a bien été prise en compte. Vous recevrez un email vous informant de l'envoi de votre Freebox.

Suivez à tout moment les étapes de votre commande Freebox depuis votre Espace Abonné avec les identifiants ci-dessous.

Voilà une copie d'écran d'un abonnement souscrit pour ma mère qui, j'espère, vivra longtemps, mais pour cela, il a fallu et il faut continuer à payer. Je paie pour ma mère, n'ai pas d'enfant pour que vous, vous ayez et fassiez des enfants à ma place (?)… Est-ce assez de sacrifice de ma personne pour ta génération ? Personne ne s'occupera de moi quand je serai vieux, et je commence déjà, à moins de 58 ans, à vieillir de façon accélérée. L'Afrique s'en inquiète-t-elle, petit frère ?

Excuse-moi, mon ami, je suis français et **dans ma culture, j'ai l'obligation d'être franc et honnête avec toi.**

Neimad

— La vie ici, Neimad, n'est pas ce que tu penses qu'elle est, je ne t'ai demandé de l'aide que parce que je suppose que le Seigneur t'a béni avec quelque chose que tu peux utiliser pour bénir les autres. Laissez-moi te dire que le Seigneur aide les gens qui aident les autres. Dans cette vie, les gens ne peuvent pas être égaux, penses-tu que si j'avais de l'argent pour la nourriture que ma famille et moi mangerons, je viendrais ici pour te supplier ? Je vois seulement qu'il n'y a pas d'autre moyen d'obtenir de la nourriture parce que nous mangeons du pain sec de la boulangerie qui cause le choléra et peut nous tuer à tout moment. Tu es ici, tu penses à économiser de l'argent pour ton âge futur. Sais-tu qu'après avoir économisé cet argent, tu peux mourir ? Alors que si tu aides quelqu'un avec de la nourriture, le Seigneur te bénira ici et dans l'au-delà !!

— Yusufo, « le Seigneur » m'a gâté en nourriture, mais pas en joie de vivre comme toi, tu l'as, même dans le manque.

Je n'ai pas la santé, Yusufo, ton dieu n'a pas daigné m'offrir ce cadeau tout aussi prioritaire.

Demain midi, nous recevons une amie, lui donnons à manger car elle ne mange pas ou mange mal autrement, elle a deux enfants, croit aussi en

TON dieu, nous la soutenons, pas parce qu'un dieu nous bénit pour ça, mais parce que c'est humain de s'occuper d'une femme qui doit payer l'éducation de ses enfants, qui ont un père alcoolique. Cette dame, de plus, n'est pas une inconnue.

Demain, nous allons l'après-midi offrir un train miniature à un homme de 40 ans qui n'a pas eu de chance dans la vie, n'a pas eu de jeunesse DU TOUT, devait s'occuper de son père alcoolique et vers treize ans, a perdu ses deux parents. Ce train a été donné par cette dame, Yusufo.

Après, elle m'a dit qu'elle vendait 50 EUR des trains de collection, je n'avais que 50 EUR sur moi, mais les lui ai échangés contre les trains pour les baisses d'humeur de mon jeune ami, car au moindre obstacle, il se démoralise gravement, très gravement, c'est autre chose que le choléra.

Pour que ton dieu démultiplie le pain et le poisson, il faut devenir toi-même boulanger ou pêcheur, je ne le suis pas à ta place.

Cela fait 40 ans, Yusufo, que l'Afrique demande l'aumône, donc avant les réseaux sociaux, si vous n'avez pas l'intelligence de changer les choses au Cameroun, faire peu d'enfants mais leur garantir un avenir plutôt que d'avoir trop de bouches à nourrir, cela vous concerne. Prie ton dieu si miséricordieux, mais pas moi. Je n'ai pas le don d'ubiquité, mon banquier non plus.

J'ai donné mes jouets neufs (de mon magasin sur le Net) au Mali, ils iront dans une école, m'a dit Amadou Kouyaté, le responsable du jumelage.

Voilà, tu vois, je fais mes actes seul, donne à des structures qui fructifient. **Tout ce que tu me proposes est de manger mon argent, chose que je ne fais pas, même pour moi, le poisson que je mange est du thon en boîte, ou du surimi, pas du caviar.** Adresse-toi à un autre encore plus pauvre que moi, car tu n'aurais pas le courage de rien réclamer à un Émir arabe ou à un riche footballeur africain, ou même à un employé de « Western Union » !

L'argent est le SANG DU MAL, YUSUFO, cultive ta terre, il en poussera des grains, tu pourras, toi même bénir le boulanger. Mais ne cultive pas de technique de l'aumône, cela n'apportera rien aux enfants que tu as peut-être déjà fait avant l'âge, avant l'autonomie financière ou matérielle.

« Si tu veux être béni, envoie-moi de l'argent… » Yusufo, est-ce que moi, j'ose t'écrire de pareilles choses ?!

Tu ne connais, il me semble, rien de mon pays non plus, ne te fie pas aux apparences, regarde les villages en ruines ici, pas les lumières de la ville.

Comment peux-tu me parler d'un au-delà, alors que tu ne prévois pas plus loin qu'à court terme, pour toi, ta famille ?!

Lâche ton cellulaire et prends la pioche ou un vrai outil, l'Occident te fait du tort.

Neimad

Sachant que les gens aiment se disputer à propos de n'importe quoi, voici une photo de pommes

— Merci, Neimad. Nous sommes vraiment dans un état critique, c'est pourquoi je te dis tout cela. Mais j'aimerais que tu sois ici pour ressentir la situation toi-même. C'est-à-dire que lorsque tu sauras ce que je veux dire, eh bien, si tu peux m'aider grâce à quelqu'un que tu connais qui puisse nous porter secours, ce sera très bien, Neimad. JE SUIS VRAIMENT DÉSOLÉ SI MES PAROLES TE FONT DU MAL. 🙏

— Excuse-moi aussi, Yusufo, j'ai peut-être des mots durs. Prendre les mots de la bouche d'un prétendu dieu, oui, me fait aussi du mal, car, par exemple, cet après-midi, nous avons rendu de grands services et pour moi, qui absorbe les émotions comme une éponge, à un moment, c'était intenable.

Me revoilà de retour sous la pluie. Notre vie est très différente, mais peut être en partie aussi douloureuse. J'imagine une part de tes difficultés, je ne pense pas que tu puisses imaginer ma maladie, c'est pourquoi je renonce à la décrire.

Mon budget du mois, avec ces trains pour mon ami, est complètement dépassé, si tu peux me recontacter dans une semaine et me donner une adresse où t'envoyer un mandat postal de 20 EUR.

Bonne journée,

Neimad

— D'accord, Neimad, je t'ai entendu, te remercie tant pour ton amour et les soins que tu as pour moi. Je t'aime tellement, et je prie pour que ta santé s'améliore dès que possible. Veux-tu dire que je devrai t'envoyer un message dans une semaine afin que tu puisses m'envoyer 20 EUR pour la nourriture ?

— 👍

Oui, Yusufo, s'il te plaît, là, je dois finir le mois ainsi.

***

— Yusufo, le mandat WU est parti de la poste cet après-midi. Voici le code qu'il faut fournir en pièce jointe.

Essaye de ne pas tout manger, je ne pourrai pas deux fois.

Amicalement,

Neimad

— Merci beaucoup, Neimad, ma grand-mère et mes frères et sœurs seront tellement fiers de toi. Nous t'aimons tellement… **Ne dis pas que tu ne le feras pas deux fois, Dieu** peut ajouter à ta richesse et je sais que tu es vraiment prêt à m'aider. ♡ ♡

— **Yusufo, on va laisser le Bon Dieu tranquille un bon moment**, moi, je ne suis pas une vache à traire. Prends-nous, Dieu et moi, pour des cons, tu as eu ce que tu voulais… Bon appétit !

Méfie-toi, « bien mal acquis ne profite jamais ».

Neimad

CONCLUSION : Ne prends jamais les gens pour ce qu'ils ne sont pas (dupes).

II – J'ai augmenté mon antidépresseur !!

— Neimad, ce n'est pas comme ça que la vie est. Tu m'as aidé dans mes moments les plus difficiles. Je t'ai envoyé un texto pour te montrer à quel point je t'étais reconnaissant de m'envoyer de l'argent pour acheter de la nourriture pour ma famille et moi, mais tu as insisté pour ne pas répondre. Ce n'est pas comme ça que se passe la vie. Chaque fois que je t'envoie un texto, je sais que tu penses toujours que je viens mendier de l'argent, mais laisse-moi te dire que je te suis tellement reconnaissant pour ce que tu m'as envoyé. Ma grand-mère a dit qu'elle voulait te parler pour te faire savoir à quel point tu l'as rendue heureuse, elle et ma famille, mais tu n'as jamais répondu. Merci.

— Excuse-moi, je suis méfiant, Yusufo. Ce n'est que de l'internet. J'ai fait ce que j'ai pu, parce que j'ai pu, mais je voudrais que tu comprennes que si je peux, je ne donnerai pas toujours pour les mêmes, c'est pour ça que je suis distant. Merci, prends soin de toi aussi.

Neimad

— Neimad, arrête de penser de cette façon, s'il te plaît. Tu m'as aidé parce que tu peux comprendre, mais même si tu ne vas plus m'aider, laisse l'amitié rester. Ton argent est ton argent, tu l'utilises comme tu le souhaites, alors s'il vous plaît, soyons amis.

— Oui.

— Merci. ♡□♡□♡□👍

— Merci.

Tu sais, Yusufo, l'argent corrompt l'amitié, mais essayons.

Par contre, à toi de comprendre que je suis là pour le travail.

À toi de partager ou aimer mes posts.

— Corrompt comment ça ?

Neimad, tu sais que je viens d'une famille pauvre où même obtenir de la nourriture est un problème. Je m'attends donc à ce que toi, en tant qu'ami, tu ne me voies pas mourir de faim sans m'aider, même si ce n'est pas moi, mais pense à ma famille et à mes frères et sœurs. J'aimerais que tu sois ici pour être témoin des difficultés que je traverse.

— En France, quand un ami te demande de l'argent et qu'il ne te le rend pas, l'amitié est rompue, donc corrompue par l'argent.

— Je jure que si j'étais dans ta situation et que tu étais dans la mienne, tu verrais ce que je ferais pour toi, parce que je ne veux jamais que mon ami subisse la faim alors que je suis en mesure de l'aider, lui et sa famille.

— Yusufo, tu es conscient qu'ici, en hiver, on meurt de froid assez souvent ?!

Tu me ferais la morale ou quoi, en plus : « je ne veux jamais que mon ami subisse la faim alors que je suis en mesure de l'aider » ?

— Oh, 😵 les gens meurent du froid ?

Non, Neimad. 😌

— Oui, des gens meurent de froid, nous avons des gens dans les villes qui ont besoin d'une soupe CHAUDE ! Tu m'attristes, Yusufo.

Allez, au revoir.

— Neimad, je pense t'avoir dit plus tôt que j'étais étudiant auparavant, mais j'ai été expulsé depuis la mort de mes parents. Ma mère était femme de ménage dans l'une des églises voisines autour de mon village et mon père était chauffeur de camion. Ils sont tous les deux morts le même mois, Neimad. Si tu connaissais les difficultés que je traverse, Neimad, tu ne voudrais jamais t'attrister…

(Mais réagir ! me dis-je, mon sang bouillonnant sous l'effet de l'antidépresseur mélangé à un café léger, qui me rendrait violent dans les mots.)

— Neimad, depuis que j'ai perdu mes parents, c'est moi qui m'occupais de ma famille parce que ma grand-mère est trop vieille et qu'elle ne peut rien faire. Tous les jours, je me réveille dès quatre heures du matin pour aller chercher du bois de chauffage pour le vendre et nourrir la famille et d'autres fins, mais le gouvernement a commencé à contrôler la forêt, ma grand-mère m'a dit d'arrêter d'aller dans la brousse. Parce qu'elle ne veut pas que je sois dans une situation plus complexe, et j'ai suivi ses conseils…

— Je comprends, Yusufo, et toi, tu dois savoir que nous avons des situations identiques en FRANCE. La France, « ce n'est pas La Mecque », comme on dit chez nous.

https://www.meteopassion.com/moyennes-de-fevrier.php

Ici, il y a aussi des orphelins, des fous, des grands-parents maltraités, de la MISÈRE, de la CRASSE, du harcèlement au travail…

— OK, merci.👍

— https://www.restosducoeur.org/presentation/

Et on n'en finit pas de donner de notre temps, de notre énergie, on fonctionne aux antidépresseurs, pas vous ! MERCI.

Yusufo, je vais changer ton prénom, mais rien ne me prouve tout ce que tu m'écris, tout ce que tu me dis. Je suis censé le croire, mais n'ai aucune, AUCUNE preuve et plus d'un aurait renoncé avant moi. Allez, repose-toi, maintenant, mais sois conscient qu'Ahmid (ton cousin à qui j'envoie l'argent à te transmettre) pourrait être un « parrain », rien n'en fait état. Ahmid pourrait être un grand malfrat qui te malmène pour que tu demandes l'aumône et que rien n'y paraisse (lui ne te donnant par exemple qu'un quart de ce qu'il perçoit de moi).

Là, je crois que Yusufo sort de ses rêves de douce France, il faut qu'il réalise que la France que j'ai vécue jusqu'ici est rude.

Il est 1 h 39, je travaille surmédicamenté… à témoigner par ce texte que Yusufo, honnête ou AHMID SHARIFF, moins (?) — Le doute chez moi est maladif : peut-être que quelqu'un menace là-bas les familles de les maltraiter pour que les plus débrouillards, dont Yusufo, demandent l'aumône pour lui, le chef de bande organisée, comme à Bogota il y a trente ans —, une personne honnête ou une autre jouant un jeu dangereux, je continue mes paroles sincères et franches (non imposable, je donne entre 100 et 200 euros à des bonnes œuvres chaque année, n'en tire pour moi, directement, aucun bénéfice, aucune compensation ; indirectement, avec le temps, je crois que si).

Conclusion

Bonjour Yusufo, comment vas-tu ?

Je te présente mon nouveau livret, sur lequel je travaille et que tu m'as inspiré, avec d'autres découvertes LinkedIn. Peut-être comprendras-tu vers la fin du livre mes côtés suspicieux vis à vis surtout de ton cousin qui encaisse... c'est mon imaginaire qui me joue de sales tours. Prends ce livret pour une fiction, mais il m'a aidé à gagner confiance en toi.

Amitiés.

« Prenons la vie du bon côté et posons-nous moins de questions. Le bonheur est souvent en nous et en notre capacité à le laisser s'exprimer ♡ »   Sophie Morisset

Neimad Siobud

Table des matières

Du même Auteur

Aux Éditions du Net :

Linou, Lila et nous, novembre 2017

Les Petits Petons et les temps suspendus, février 2018

Ma plume à Pierrot / My pen for Pierrot, février 2018

Où (en) suis-je ? Les Editions du net, août 2019

Les petits saints, Les Editions du net, janvier 2020

Aux Éditions Muse :

Le Post de Soissons, mai 2019

Nouvelles de caractères, juin 2019

Books on Demand :

A la Zone le GAFFEUR, septembre 2020

DEUX LETTRES : Je t'aime ET dans la dignité, septembre 2020

Les Pensées suspendues de Dadu, octobre 2020

Ex-time et In-time : l'humain debout, octobre 2020

Ce Qu'elle PEUT Voir - Tome 1-2-3, décembre 2020

Un déménagement presque normal, septembre 2021

Editions Jets d'encre :

Le Recueil de Pierrot, Juillet 2021

© 2021 SIOBUD, Neimad
Édition : BoD – Books on Demand, 12/14 rond-point des
Champs-Élysées, 75008 Paris
Impression : BoD - Books on Demand, Norderstedt,
Allemagne
ISBN : 9782322399161
Dépôt légal : Octobre 2021